むねとんとん

さえぐさひろこ 作　松成真理子 絵

くまくんたちの　すむ　もりは、
すっかり　あかや　きいろに　かわりました。
「おばあちゃん　まだかなあ。」
くまくんは、ぴょんぴょん　とびはねては
みちの　むこうを　みつめます。
きょうは、おばあちゃんが　うちに　くるひ。
ひとりで　くらしていた　おばあちゃんは、
ずいぶん　としを　とったので、
くまくんたちと　いっしょに　くらすことになったのです。

「おがわの　そばまで、いってみましょう。」
おかあさんと　くまくんが、
みちを　まがったときです。
むこうから、
ゆさゆさ　やってくるのは……。
「おばあちゃーん！」
くまくんは　おもいきり
かけだしました。

ところが、くまくんは　ころんでしまいました。
「おばあちゃん……ひっく　ひっく。」
くまくんは　なきだしました。
「まあまあ　くまくん、いそいで
むかえにきてくれて、ありがとうね。」
おばあちゃんは、くまくんの　ひざを　なでると、
くまくんを　だきしめました。
「これから　ずっと　くまくんの　そばに　いられるって、
なんて　うれしいことかしら。」

おばあちゃんの　むねは、
おひさまを　いっぱい　あびた、
くさの　においがしました。

おばあちゃんからの　おみやげは、かざぐるま。
いろいろな　はっぱを　あわせて、まんなかに
きのみを　つけた、おばあちゃんの　てづくりです。
からから　かららら。
くるくる　くるるる。
かぜを　うけて、かざぐるまが
きもちよさそうに　まわります。

「わーい、ありがとう。
まえに　おねがいしたの、
おぼえてて　くれたんだね。」
すると　おばあちゃんは、
きょとんとしています。
「まえに？　あれまあ、
そうだったかねえ……。」
（あれれ、おばあちゃん、わすれちゃったの？）
くまくんは、くびを　かしげました。
おかあさんも、ちょっと　しんぱいそうです。

「ねえ、おばあちゃん、ぼくに
かざぐるまの　つくりかた　おしえてよ。」
「ええ　ええ、いっしょに　つくりましょう。」

「まーわれ　まーわれ
からくるりん。
たぬきも　きつねも
ほしがるぞ。」
　なんでも　うたうように
いうのが、おばあちゃんの　くせ。
「まーわれ　まーわれ　からくるりん。
えーっと……とんびも　かえるも　ほしがるぞ。」
　くまくんも、おなじ　ちょうしで　いってみました。

「できた、できた！」

くまくんのは、ちいさな　かざぐるまです。

「まあ、なんて　かわいい　かざぐるまでしょう。」

からから　かららら。

くるくる　くるるる。

かぜを　うけて、ふたつの　かざぐるまは、

わらっているようです。

くまくんと　おばあちゃんは、
まいにち　かざぐるまを　つくりました。

よく　はれた　ひのこと。
くまくんと　おばあちゃんは、
さんぽの　とちゅう、かわべで　ひなたぼっこ。
ふたりは、おなじように　のびを　しました。
「おひさまが　あたって、おなかが　くすぐったいや。
おばあちゃん、いいきもちだねえ。」
「ほんとうに。それに　こうして　くまくんと
おしゃべりできるのが、とっても　とっても　いいきもち。」
おばあちゃんが　いいました。

「さあ、かえりましょうか。」

ところが　おばあちゃんは、あるきだしたとたん、

たちどまってしまいました。

「おばあちゃん　どうしたの？」

「うちへ　かえる　みちは、どっちだったかねえ。」

「こっちだよ。」

「ああ……そうだったねえ。」

おばあちゃんは、
すこし　ふるえているみたいです。
「おばあちゃん、だいじょうぶ？」
くまくんと　おばあちゃんは、
しっかり　てを　つないで、いえに　かえりました。

ひが　たつに　つれて、いろづいた　はっぱは
どんどん　ちっていきました。
まどから　そとを　みていた　くまくんが、
とつぜん　いいました。
「いいこと　おもいついた！」
くまくんは、これまでに　つくった　かざぐるまを、
かごに　あつめていきます。
「おばあちゃん、いっしょに　そとへ　いこうよ。
きに、かざぐるまを　つけるんだ。」

おとうさんも　そとに　でてきました。
くまくんは、まだ　きのぼりが
じょうずに　できません。
「かわに　いく　みちの　めじるしにしたいの。
おばあちゃんに、よくわかるように。」
「よしきた。」
おとうさんが、かたぐるまを　してくれました。
くまくんたちは、かわに　つづく
みちの　きに、かざぐるまを
むすんでいきました。

「おばあちゃん、かざぐるまの　みちだよ！」
「まあ　そうねえ、かざぐるまの　みちね。
なんて　すてきなんでしょう。」
からから　かららら。
くるくる　くるるる。
かざぐるまは、いきおいよく　まわりました。

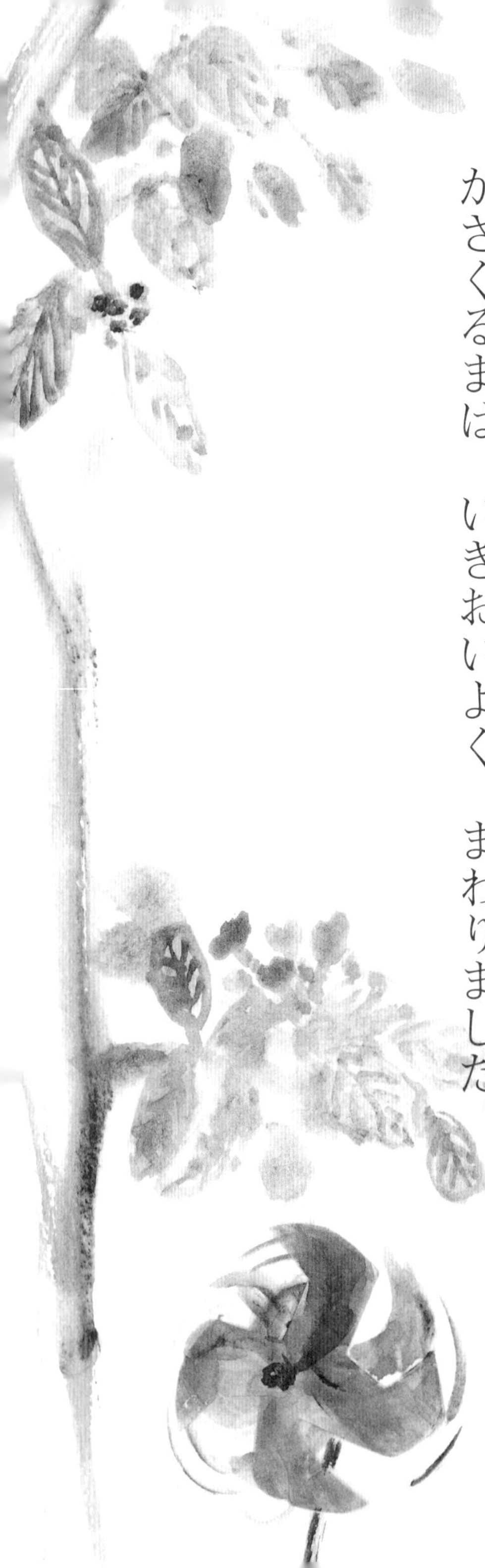

つぎのひ、そとを　みていた　おばあちゃんが　いいました。
「あれ　まあ、かざぐるまの　みちだねえ。
くまくんが　かざったの？」
「えーっ？」
くまくんは　びっくりして、おばあちゃんを　みました。
おばあちゃんは、きょとんとしています。
くまくんは、おもわず　あしを　ふみならしました。
「きのう、おばあちゃんと　いっしょに　むすんだじゃない。
すてきだって　いってたじゃない。
おばあちゃんの、わすれんぼ！」

おばあちゃんは　おどろいた　かおをしましたが、
すぐに　はっとして　いいました。
「ああ　くまくん、そう　そうだったねえ。」
でも　くまくんは、だまったまま
そとへ　とびだしていきました。

「かざぐるまの　みち、
かざぐるまの　みち、　わすれちゃうなんてー。」

かぜが　やんで、かざぐるまは　しんとしています。

「くまくーん。くまくーん！」

ふりかえると、おかあさんが　やってくるのが　みえました。

おかあさんは、くまくんに　かごを　わたしました。

「うらやまに　いって、どんぐり　ひろってきてちょうだい。

おばあちゃんの　おやつにね。」

「えっ、ぼく　ひとりで？」

「そうよ。うらやまぐらい、もう　ひとりで　いけるでしょ？」

　おかあさんは、くまくんの　せなかを
やさしく　ぽんぽんと　たたきました。

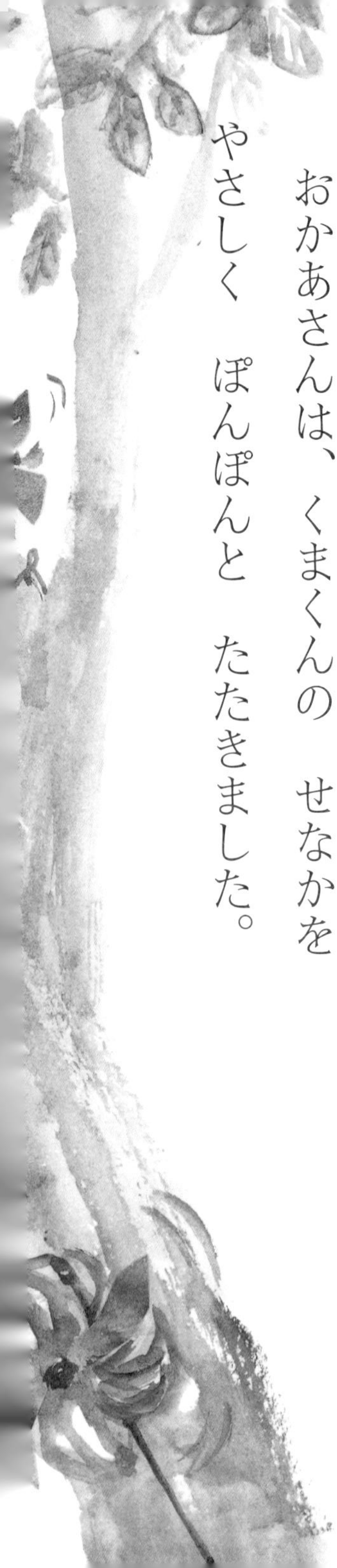

うらやまは、くらくて　ひんやりしています。
ぶるるるっと　からだが　ふるえて、
あしが　まえに　すすみません。
キキキキーッと、かんだかい　とりの　こえに、
くまくんは　びくっとしました。
ふと　くまくんは、うたうように　いってみました。
「どんぐり　どんぐり　どん　ぐり　ぐり。
どんぐり　どっさり　どこ　どこ　どこ？」
　くまくんは、げんきが　でるように、
なんども　いいました。

よく　みると、どんぐりが
たくさん　おちています。
「わあ、ある　ある。えっと、
おいしそうなのは……っと。
そうだ、おばあちゃん　いつも　いってるもん。
ぴかぴかしてるのが　いいの。
それから、むしに　くわれてないの。」

くまくんが、どんぐりを　ひろっていると……。
がさごそ　がささ。
ちかくで　おとがしました。
（なに？　こわいよう。）

おそるおそる　きの　あいだから　のぞいてみると……。
おばあちゃんが、しょんぼりと　すわっています。
おばあちゃんは、もってきた　かざぐるまに
ふーっと　いきを　かけました。
（ぼくが　つくった　かざぐるまだ。）
からら　くるるる。
かざぐるまが　まわります。
かざぐるまが　とまると、おばあちゃんは、
かざぐるまを　そっと　なでました。

「おばあちゃん……。」

「たぬきも　きつねも　ほしがるぞ。
まーわれ　まーわれ　からくるりん。」
くまくんは、うたうように　いいながら
おばあちゃんの　ところに　はしっていきました。

「まあ　くまくん、
ひとりで　きたの？」

「うん。」

「がんばったのねえ。さ、これ　くまくんの　おやつよ。」

「わあ、いっぱい！

はい、これ　おばあちゃんの　おやつだよ。」

「あら、いい　どんぐりばかりだこと。」

くまくんと　おばあちゃんは、かごを　かえっこして、
どんぐりを　たべました。
「おばあちゃん　おいしいね。」
「ええ　ええ、くまくんが　ひろってくれたから、
よけいに　おいしいこと。」
「おとうさんと　おかあさんにも、
おみやげに　もってかえってあげようね。」

するとおばあちゃんは、めを　とじました。

そして、むねを　とんとん
たたきました。
「どんぐりが　つかえちゃったの？」
くまくんは、あわてて　おばあちゃんの
せなかを　なでました。

「ちがうの　ちがうの。
おばあちゃんね、くまくんと　いっしょに　したことや、
くまくんが　いったことを
むねに　しまえたらと　おもってねえ。」
「むねに？」
「ええ　そうよ、むねの　なかにね。
ひとつ　ひとつ　だいじに、わすれないようにね。」
おばあちゃんは、むねを　とんとん　たたきました。

「さ、どんぐりに、ありがとうを　しましょうか。

おみやげの　ぶんから、すこしずつ　とってね。」

おばあちゃんは、つちを　ほって、
どんぐりを　うめていきます。

「つちにも　もりにも、ありがとう。」

くまくんも、いっしょに
いいながら、うめました。

「つちにも　もりにも、ありがとう。」

「どんぐりの　きが、うまれてくる？」
「きっとね。ずうっと　さきの　あるひ、
おじいちゃんになった　くまくんと　かわいい　こぐまが、
また　どんぐりを　もらえますように。」
「ぼくが　おじいちゃんになったら、おばあちゃんは
どんな　おばあちゃんかなあ？」
くまくんは、くびを　かしげました。
それを　きいた　おばあちゃんは、
むねを　とんとん　たたきました。

そのひから　おばあちゃんは、くまくんの
きのぼりの　れんしゅうを　みても、むねを　とんとん。
「そう　そう、おりるときが　だいじですよ。
あわてないで。くつほほ　くつほほ、リズムを　つけて。」

いっしょに、
おくすりになる　くさを　さがしたり。
どくのない　きのこを　みつけたり。
そのたびに　おばあちゃんは、
むねを　とんとん。

かぜが　うんと　つめたくなって、
はなさきが　ちーんと　いたい　ゆうぐれ。
くまくんは、おばあちゃんの　つくった、
おおきな　かざぐるまを　まわしています。
「さあ、そろそろ　かえりましょうか。」
「おばあちゃん、もうちょっとだけ。
かぜを　つかまえてるところだから。」
「かぜを　つかまえてるの？
ああ　いいねえ。
いま　このときの　かぜをねえ……。」

ふと、くまくんと　おばあちゃんが、
はなを　ひくひくさせました。
「おやっ？」
「あれっ？」
くまくんと　おばあちゃんは、
かおを　みあわせました。
「おばあちゃん、なんだか　いつもと
ちがう、かぜの　においがしたよ。」
「くまくん、わかったんだねえ！」
「わかったって、どういうこと？」

「これは、ゆきが　ふる
においですよ。」
「えっ、ゆきが　ふる　におい？」
「ええ、きっと
こんやから　ふるでしょう。
この　においが　わかるなんて、
くまくんは、もう　りっぱな
くまさんですよ。」
おばあちゃんが　いつものように、
むねを　とんとん　たたこうとしたときです。

くまくんが、おばあちゃんの　てを　とりました。

「おばあちゃん、もう　むね　とんとん　しなくて　いいよ。」

「えっ？」

くまくんは、おばあちゃんの
てを　にぎって　いいました。
「ぼくが　おぼえているからね。
おばあちゃんと　いっしょに　したことも、
いったことも　みーんな。
おばあちゃんが　わすれたら、
ぼくが　おはなししてあげる。」
おばあちゃんは　だまったまま　うなずくと、
くまくんの　てを　りょうてで　つつみました。

そのよる。

「みて　みて　おばあちゃん、　ゆきだよ！
おばあちゃんの　いったとおりだね。」

くまくんと　おばあちゃんは、
あとから　あとから　ふる　ゆきを、
じっと　ながめていました。

作者
さえぐさ ひろこ
大阪府生まれ。作品に『りんごあげるね』『ともだちのたまご』『たんぽぽいろのてぶくろ』『中田くん、うちゅうまで行こ!』（童心社）、『ぼくのしろくま』『ねんね』『いいおかお』『おしり』（アリス館）、『またあした』『ぴいすけのそら』『おおきくなったよさるのあかちゃん』（ひさかたチャイルド）、『さくらいろのランドセル』（教育画劇）など多数。

画家
松成 真理子＝まつなりまりこ
大分県生まれ。絵本に『まいごのどんぐり』（第32回児童文芸新人賞）『くまとクマ』（童心社）、『じいじのさくら山』『にちようびのばら』（白泉社）、『ぼくのくつ』『せいちゃん』（ひさかたチャイルド）、『こいぬのこん』『いまなんじ?』（学習研究社）、さし絵に『かっぱの虫かご』（ポプラ社）、『かえるのじいさまとあめんぼおはな』（教育画劇）など作品多数。

おはなしだいすき
むね とんとん
2009年10月20日 第1刷発行　2010年4月16日 第2刷発行
作者＝さえぐさひろこ
画家＝松成真理子
発行者＝小峰紀雄
発行所＝(株)小峰書店
〒162-0066
東京都新宿区市谷台町4-15
TEL：03-3357-3521
FAX：03-3357-1027
装幀＝木下容美子
組版・印刷＝(株)精興社
製本＝小髙製本工業(株)
NDC913 63p 22cm

2009 Printed in Japan
ISBN978-4-338-19218-7
http://www.komineshoten.co.jp/

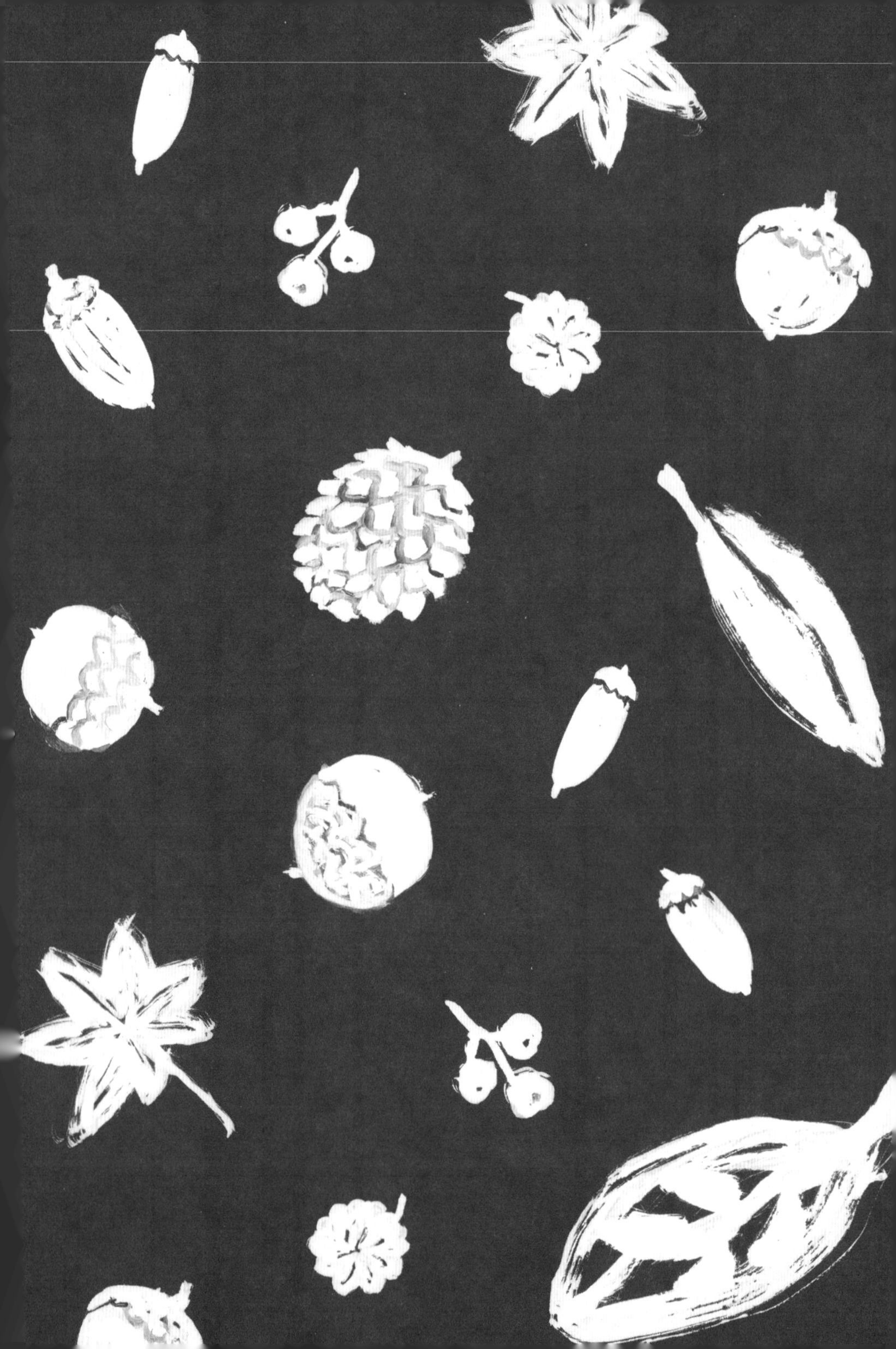